KB062105

별 모양의 얼룩

시작시인선 0054 개정판 별 모양의 얼룩

1판 1쇄 펴낸날 2005년 9월 5일
1판 5쇄 펴낸날 2012년 2월 10일
개정판 1쇄 펴낸날 2014년 11월 14일
개정판 2쇄 펴낸날 2022년 5월 24일
지은이 김이듬
펴낸이 이재무
기획위원 김춘식, 유성호, 이형권, 임지연, 홍용희
책임편집 박찬세
편집디자인 민성돈
펴낸곳 (주)천년의시작
등록번호 제301-2012-033호
등록일자 2006년 1월 10일
주소 (03132) 서울시 종로구 삼일대로32길 36 운현신화타워 502호
전화 02-723-8668
팩스 02-723-8630
블로그 blog.naver.com/poemsijak
이메일 poemsijak@hanmail.net

ⓒ 김이듬, 2014, printed in Seoul, Korea

ISBN 978-89-6021-226-8 04810
      978-89-6021-176-6 04810(세트)

값 10,000원

별 모양의 얼룩

김이듬

천년의시작

근 십 년 만에 첫 시집을 다시 출간하게 되었습니다. 첫
사랑, 아득한 당신의 얼굴, 내 가슴, 완전한 환부, 허망한
뿌리를 맹목적으로 만지는 심정입니다. 무릎 꿇고 고개를
꺾습니다. 여기서 뚝뚝 떨어지는 방울로, 여기서 추출한 난
폭하고 더럽게 순결한 그것으로 당신에게 진전했던 것 같아
요. 당신이 장미꽃에 내가 당신의 목덜미에 발등 아래 키스
하듯이 우리의 슬픔에 입술을 대 주기를.

2014년 가을

시인의 말

16층 빌딩 옥상에 서서 흔들린다.
누군가 바람이 불어 해가 진다고 말한다.
버려진 아이들, 갇힌 동물들과 病중에 있는 사람들과
같이 울어 주지 못했다. 미안하고 부끄러울 뿐.

차 례

해 설

거리의 기타리스트
—돌아오지 마라, 엄마

길거리의 여자는 기타를 껴안고 있다 젖통을 밀어 넣을 기세다 어떻게든 기타를 울려 구걸해야 한다 비가 오기 시작하면 더 조급해진다 기타의 성기는 소리이므로 딸을 걷어차기 시작한다

착지가 서툰 빗줄기는 보도블록에 닿자마자 발목을 부러뜨렸다 비가 지하도를 기어간다 질질 끌려간다 난폭한 여자의 팔에 기타가 매달려 있다 걸을 수 없는 조건을 가졌다

담배를 물려다 말고 여자가 소리를 만지작거린다 기타는 여자를 경멸하므로 여자를 허용한다 자라지도 않고 떨림도 없는 기타의 성기에는 매듭과 줄이 있다

스무 장의 신문지와 스물한 개의 철근이 뒹구는 지하실이다 팔백 해리의 슬픔과 팔백 해리의 공복과 백만 마일의 바퀴벌레도 늘어나는 것이 죄인 줄 안다

기타리스트는 딸을 안고 있다 다시 보면 기타가 여자를 껴안고 있는 자세다 기타는 기타리스트의 목을 조르고 있다 죽을까 말까 망설이느라 성장을 못한 딸의 손목이다

잔느 아브릴의 어머니는 딸에게 매춘을 강요했으며 기타처럼 모성이란 다양한 것이다 여자는 얼떨결에 기타를 갖게 되었다 여자는 기타를 동반하여 계단을 굴러가고 난간을 넘어가 세상을 추락한다 놀랍게도 어떤 모성은 잔인한

11

과대망상이다

기타는 기타 케이스 안으로 기타리스트를 밀어 넣는다

욕조들

물속에서 팔을 꺼내 젖은 귀를 전화기에 쑤셔 넣었어요—
빨리 빨리 나와, 대기하던 젖은 차 안에 몸을 비스듬히 눕히
고 빗소리를 들었지요 나는 절수형 샤워기를 틀어 놓고 나
왔어요—급하니 빨리 빨리 빨아, 이만큼 빨았으면 몸체를
떠난 전화기는 물을 먹지 않았을 거야 문지방을 넘어 카펫
을 적시지 않았을 테지 막힌 주둥이의 하수구로 오줌과 정
액이 역류하는 대로 다 삼켜—더욱 사실적으로 표현하지 않
으면 포르노그라피가 되지, 나의 상체가 꺾여져 운전대 아
래에서 주억거리는 사이, 그의 입은 강의실에서 앤디 워홀
을 분석하고 나의 말라빠진 다리는 계단을 올라가 출석 체
크를 하고 끝자리에 포개져 사실적으로 졸고 있었어요 두
시간짜리 연강이었지요 꼬물락거리던 민가를 덮친 왕릉을
통과해 경주 남산에서 옷을 꺼내 걸쳤어요—자발적 협조가
해리 장애를 극복하지, 빗물 때문에 와트만지가 다 젖었어
요 저 해머로 두들긴 것 같은 여래상을 스케치해야 되는데,
계곡에 잘려져 담긴 풍만한 궁둥이 하녀가 잘 닦아 놓은 것
같은 중세의 석제 욕조, 열고 하고 뒷물을 또 하네요 과연
다르죠 갈등 없이(자발적으로) 분리된 상반신에서 쩡쩡거리
는 설법 삿갓 골짜기에 싱싱한 알몸, 공염불 근데 내 집에
두고 온 고무공만 한 자궁은 제 것을 다 씻었을까요

별 모양의 얼룩

베란다다 이불을 털다 소녀가 떨어진다 무거운 수염들과 단단한 골격의 냄새가 묻은 이불을 털다 한 여자가 떨어져 버린 저녁, 피가 번지는 잿빛 구름 속으로 타조 한 마리 날아가는 지방 뉴스가 방영되고 기차를 타고 가던 그들도 앞부분이 무거운 문장의 자막을 읽게 될 것이다

순식간이다 얼룩이 큰일이다 이불을 뒤집어쓰면서 추위는 시작된다 냄새나고 화끈거린다 두근두근한다 몰래 홑청을 바꾸고 펴놓았다 개킨다 올리다가 다시 내린다 이불 속 깃털을 뽑는다 큰 타조의 날개는 사라지고 발간 민머리 누더기, 이상한 얼룩이 묻은 이불은 논리가 없다 귀찮아 걷어찼다가 다시 껴안는다 제대로 꿰매지지 않는 기억은 비벼 댈수록 스며들고 씻을수록 번져 간다 어느새 늙고 추악한 소녀를 돌돌 말고 있다

천상에서 이불을 털고 있나 검은 구름을 뚫고 희뿌연 깃털들이 뽑혀 나오는 저녁, 자살할 기회를 주기 위해 그들이 집을 떠날 때 나는 거울을 보며 마구 머리칼을 자르고 있었다 첫눈 내리던 밤이었고 넓고 푹신푹신한 이불이 베란다

아래 펼쳐져 있었다 모두의 기대를 배반하고 난 눈을 뜬다
의사만 조금 웃는다 태어나던 순간에도 이랬을 것이다

Fluxfilm No. 4(lesbian)

나의 죽은 고양이를 안고 다리 위를 산책할 때 사람들이
들여다보며 한마디씩 한다 전에 없던 관심을 가지고 분명
이들은 죽은 것에 충동을 느끼는 것이다

내가 다가가면 거울이 깨어지고 외투는 찢어진다 침대가
부서지고 책장이 넘어간다 내가 다가가면 오토바이가 쓰러
지고 통조림이 갈라지고 비닐봉지가 날아간다 시멘트가 떡
이 되고 태양은 강물의 자궁 속으로 숨는다 내가 다가가자
사물은 도망친다

주머니에 손을 찌른 저자는 곧 기관총과 대포를 꺼낼 것
이다 알 없는 안경잽이는 내 눈을 겨냥하고 의족의 저 사내
는 악수를 청하는 척 내 다리를 걸고 넘겨 칠 것이다 넥타이
들은 모조리 내 목을 조르고 벤치에서 조는 남자와 지나는
수캐까지 날 도청하고 미행하는 걸 안다 나의 사체를 애무
하려고 벼르는 자들이다

칼은 도마 밖으로 내장을 쓸어 내고 사람들은 다리 아래
로 나를 밀친다 언니 아파트에서 찍은 16mm 흑백영화를 공
개할까 주고받은 이메일로 협박한다 왜 문제가 되는가 안

심한 후 먹는 죽은 것만 조명하고 특집을 만드는 일반적인
취향의 이들에게

비슷하거나 아예 똑같을 것을
—금요일의 갤러리를 지나

어떤 작품도 걸지 않은 채 자신만만하게 서 있는,
난데없이 도끼로 이젤들을 부수는,
관객을 보며 머리카락을 다짜고짜 자르는,

각별한 친구들의 첫 그룹전은 1회로 끝났다
'삶은 아름다워'
'지리멸렬하지'(반복)
'그가 카페를 옮긴 진짜 이유는 뭘까?'
늘 가던 코스로 운전을 하면 안 되는데, 길을 못 찾겠다
기껏 만든 죽음의 행위전은 팸플릿부터 진부했다

'뭐 새로운 것 좀 없을까?'
'이렇게 살아도 되는 거야?'
'닥쳐, 닥치라구'(반복)
카페 문을 닫을 때쯤 멱살들 쥐고 소리소리 지르겠지
아주 오래전부터 그렇게

육거리의 가로등들은 노란 팬티를 벗어
제 얼굴에다 걸기 시작했다
이쯤에서 차선 바꿔 바로 가야 하는데, 길은 받아 주지

않는다
　18분씩이나, 부에나비스타 소셜클럽을 걸어 놓고
　라디오 DJ 배철수는 뭐하며 놀까?

　지겨운 반복 재생 모드로 이 세상 돌아가게 해 놓고
　팬티를 내리고 다리를 털며
　거대하신 손은 뭐 또다시 주물텅거리나
　비슷하거나 아예 똑같을 것을

지금은 自慰 중이라 통화할 수 없습니다

1. 팔

너를 만지기보다
나를 만지기에 좋다
팔을 뻗쳐 봐 손을 끌어당기는 곳이 있지
미끄럽게 일그러뜨려지는, 경련하며 물이 나는
장식하지 않겠다
자세를 바꿔서 나는
깊이 확장된다 나를 후비기 쉽게 손가락엔 어떤 반지도
끼우지 않는 거다
고립을 즐기라고 스스로의 안부를 물어보라고
팔은 두께와 결과 길이까지 적당하다

2. 털

이상하기도 하지 털이 나무에, 나무에 털이 피었다 밑
둥부터 시커멓게 촘촘한 터럭, 멧돼지가 벌써 건드렸구나
밑에서 돌다가 한참 버텨 보다가 몸을 날렸을 것이다 굶
주린 짐승, 높디높은 굴참나무를 들이박기 시작했다 뭉텅
뭉텅 털이 뽑혀 나가는 줄도 몰랐을 한밤의 사투, 살갗이 뜯

겨 나간 산은 좀 울었을까

　나는 도토리 한 알을 발견했다 가련한 짐승이 겨우 떨어뜨리고 채 찾아가지 못했나 멧돼지가 쫓겨 가고 나서야 나무는 던져 주었을까

　도대체 길 잘못 든 나는, 손톱을 세워 나무를 휘감는다 한 움큼의 털을 강박적으로 비벼 댄다 메시지 온다

조개껍데기 가면을 쓴 주치의의 달변

습관성 유산에는 정확한 분석이 필요한데 당신의 할머니
처럼 다산성의 별보배조개 체질도 아니고 당신 어머니같이
들큰한 애액을 분비하고 까무라치는 가무락조개 성질도 닮
지 못했으니 갑골 문형에서 심각한 유전자 변형을 일으킨
것은 매일 고통의 각성제인 모래를 치사량 이상 삼키거나
일부러 깊숙하게 상처를 내나 본데 나의 소견으론 내부의
백색 알갱이를 포기하고 몸을 내게 맡기는 건 어때 어차피
패물이 퇴물로 될 때까지 화폐로 유통되긴 마찬가진데 반짝
이는 암세포를 제거하면 눈깔만 한 양식 진주 목걸이를 당
신에게 걸어 주지 몰락한 부족에게 그게 어디야

공사의뢰인

이 벽은 부숴서는 안 되는 벽이라니까, 난 빨리 벽 트기를 끝내고 내부 공사를 시작할 거라고 우겼다 이사를 나가든가 죽든가 그래라, 난 발가벗고 일했고 페미니스트 교수는 페티코트를 입고 작업했다 그 혹은 그녀는 불투명한 유리창을 선호했다 나는 벽돌처럼 날아다녔고 부르주아 페미니스트 교수는 페인트공을 때렸다 저런 건 도면에도 없었어 깡통에 넣어, 그 혹은 그녀의 방문은 눌러 준 다음 세워서 돌려야 하는 복잡한 구조였고 나는 단순하게 작업을 요구했다 이 미친 완제품을 어떻게 리모델링하라고 이러는 거니 널 분양받는 게 아니었어, 나는 세 사람이 공유할 수 있는 새로운 비합리적인 주거 공간이 필요했다 벽을 향해 돌진했다 이러이러해서 이것이냐 저것이므로 그래 가지고, 좀 알아들어라, 장황한 시공법을 이해했다면, 붕괴를 스스로 조절할 수 있었다면, 꿰뚫지 않았다면, 이 지루한 야간 공사는 그때 끝났을까

물류센터

[화물연대 협상 진통] 지역별 협상 주체 제각각 …해결 암초
—경제news91@donga.com;2003.5.11
[해외입양아 현황] 14만 3천여 명, 전체의 71.3%
—국감자료;2001

난 화물, 썩은 물 흐르는 컨테이너다
출하되자마자 급하게 포장해서 운반된
뭐든지 입으로 가져가던 음식물 분쇄기이다
영세한 가내공장에서 만들어져
교회 입구에 유기되었음직한 재봉이 터진 우주복
세심하게 기록을 살펴볼수록 모호한 출처
유아 간질 히스테리 증세만 아니었어도
미끄럼틀에서 내려 캐나다나 미국쯤 수출되었을 성가신 짐짝
어디로 수송 중인지 꽉 막혀 버린 골방
나는 처박아 넣기 쉬운 형태로 묶인 채
이렇게 사창의 밤 야적장을 통과하여
드디어 거대한 물류센터에 도착하면
이 물건은 대체 뭐였던 거야 아무것도 아니잖아
하역을 하다 처리 비용도 필요 없이 아주 넘겨질
표류물, 일종의 유기체였던, 다분히 정치적이었던

운문의 똥막대기

비로자나불은 눈을 거슴츠레 뜨고 앉아 어디를 보고 있을까? 맞은편 공양간의 무쇠 밥솥에서 올라오는 김을 보는 것이 분명하다 입맛을 다시며 나는 차마 문턱을 넘지 못한다 조왕대신 때문만은 아니다 그 여자, 풋장더미 옆에 쪼그리고 앉아 경을 읽는 소리에 난 끓어 넘치는 줄 알았다 부뚜막 행주보다 말간 소리가 몇 년을 빨아 둔 내 밑구멍보다 깨끗하다 주목받고 싶어 까발린 생명의 근원*보다 기습적이다 밥솥이 무거워진다 나는 뚜껑을 열고 퍼내야 할 똥무더기 만세루에 다 퍼질러 놓고도 이목소에 깡그리 씻어 보아도 더께 앉은 질투다 추방됐던 세계에서 너무 비대해진 거다 들어갔던 그 문으로 다시 나가기엔 아무래도 옷을 많이 껴입은 하와다 나는 조막만 한 사과를 물고 헛구역질을 한다 초경을 하고 열아흐레부터는 실수하는 게 아니었다 식은 밥 같은 눈발이 거세졌다 환장할 밥 냄새 미치게 거년스런 민머리 저 여자

* 귀스타프 쿠르베Gustave Courbet.

Third Eye

전에도 말했듯이 레이첼스를 듣고 있었어 다섯 번째야 네
번째 계단까지는 젖어 있어 내 옆에 앉을래 담요를 가져왔
니 약국에도 들렀겠지 이 안으로 들어와 귀에 이걸 꽂아 봐
어둡지 신나지 환해지면 끝이야

몇 번 말했듯이 신원을 알 수 없는 엄마가 뚱뚱한 의사에
게 나를 맡겼어요 신원을 알 수 없는 의사가 무서운 적재장
에서 정말 신나냐 심문했고요 금요일 저녁 8시 2분 간 노출
f=5.6 사진을 찍혔어요 정말 진짜가 밝혀지면 시작이에요
나는 고래란 말이 들어간 사진에 키스하죠 턱을 괴고 돌고
래가 와이셔츠에 들어갈 때까지 흡입해요 금요일 저녁 여
덟 시부터 할인 현상하는 가게를 알아요 재현하면 시작이
에요 구질구질한 별과 거위가 가득하죠 파도는 무게와 크
기가 동일한 것으로 규칙적으로 밀려와요 어둡겠죠 피곤하
겠죠 신나고 신나요

앞서 말했듯이 얼마나 좋은지 말하지 마 트램블스를 닮
은 내 꼬마 친구 네 번째 계단 아래는 물이야 거위 깃털 푹
신한 바다 발밑을 조심할 필요 없지 팔목을 줘 봐 동맥은 어
렵겠어 재킷 멋지지 안으로 들어와 뮤직 포 에곤 실레 제법

어둡지 신나지 잘 보이면 끝이야

    눈을 깜박거리며 레이첼스를 듣고 있어요 드럼보다 바이올린이 왜 좋은지 알면 끝이에요 시작이나 끝이나 앞서 말했듯이 시작이라고 쳐요 고래는 거위를 몰라요 내 셔츠에서 나가 줘요 목소리가 똑같으면 끝이에요 여섯 번째 계단에 앉아 있어요 다섯 번째 계단까지 젖어 있고요 올라가면 끝이에요 전에도 말했지만 나는 정했고 당신은 갈등하죠 양면 비로드 재킷 그 안은 없어요 있으면 끝이에요 짠 깃털들이 눈에 가득 찼어요 눈이 아파서 신나죠 아파서 내가 당신으로 보이는 거겠죠 그렇다면 끝이에요 끝이라서 신나죠 아신나고 신나서

봉인된 여자

길을 걷다 예정일 앞선 생리로 흠씬 적신 속옷 비너스 마네킹이 걸친 팬티를 벗겨 입고 그를 만난다 붉은 토마토 무늬 물컹한 씨앗 사타구니를 흐른다 갯냄새 찌든 해변 모텔 방들의 짠 신음 소리 삐걱이는 침대 위를 구르는 욕설, 욕설들 가까스로 먹은 정충을 토하며 생리 중에도 틀어막히고 페니스로 봉인되어야 비로소 우울하지 않은 마네킹 같은

물침대, 출렁이는 바다 검은 고래 헐떡거리며 마네킹을 집어삼킨다 아니 검은 배 속에서 마네킹 플라스틱 이빨로 고래의 심장부터 잘게 씹고 있다

흰 욕조의 관, 망 터진 붉은 구멍으로 젤리 같은 눈알 넷 거품보다 먼저 빠져나간다 수천 년을 닳아 미끄러워진 포유류의 몸통으로 잠입해 바다로 간다 하수관 엉킨 머리카락처럼 달라붙는 어머니, 꼭 살고 싶을 때만 출현하는 울음의 근원지다 고래를 따라 우디케이트 해안으로 갈래요, 날 죽이고 가렴 이미 바다에 뿌려진 어머니 속엔 수백, 수천 명의 어머니가 수장되어 있고 날 놓아줘도 단란할 바닷속 식탁 더 깊숙한 해저에 봉인하고야 탈로 나지 않는, 관 속 같은

유디트*

공터로 나와
아니, 여기 폐차장으로 오라고
아무튼 새 공을 가져와야 해
(안방에 있더라, 아버지 시뻘게 가지고
보나마나 누나 꺼도 같이 있을 걸?)
네가 날려 버리고 싶은 걸로 아무거나
간당간당 들고나와
어머니 예배당에서 기도할 시간이야
점액질 같은 그림자 *끈끈하게*
마르기 전에
패스하고 토스하며 놀자
실컷 놀고 나서
네가 내 걸 먹든지
내가 너의 실밥을 뜯든지
그래, 빨리 끊자
으악, 머리통에 사마귀 붙었단 말야

* 유디트Judith: 적장 홀로페르노스의 머리를 잘라 와 나라를 위기에
서 구한 옛 이스라엘의 여전사.

29

로시니 혹은 누가 누구와 잤는가 하는 사소한 문제
—음악을 하는 시인에게

한때는 직업 연주자가 되고 싶었다고 했죠?
일렉트릭 기타를 안자마자 미소가 번지네요
그냥 연주하며 노래를 해요
〈나는 이 거리의 제일인자〉
〉노력해야 한다면 그만둬야 해요〈
아까 심각하게 말한 시론이니 세계관이니 구려요 정말
초지일관하지 말아요
〈사랑에 불타는 마음 방해받고 싶지 않아〉

《첫눈이 와서 라이브 바에 온 건 아니라네
너의 눈물이 내 무릎을 적실 때 택시에서 내렸어
네 겨드랑이에 손을 넣고 걸었지 부축하려던 게
아니야 내 손이 너무 시렸었어
셋이서 사랑하자 눈이 온 게 먼저였나 눈물이 난 게
먼저였나 관심 없다네》

지금 막 이 노래는 즉흥적으로 부른 거죠?
천진하고 유쾌한 〈방금 들린 그 목소리〉
흥얼거렸으니 잊어버려요
내가 받아 적었죠 노트북으로

바로 보낼게요 시와반시에 표절이다 내 시다
그러지 말기예요 가사만 떼 놓으니 형편없네요

명반도 명시도 명분 없는 선택이야
〉의심도 입씨름도 그만하고 언제나 함께〈
히치하이커 밴드와 섞여 베이스를 들려줘요
헤비메탈은 별로지만 애걔 달랑 손가락 세 개만 써요?
〉나는 호랑이까지도 새끼 양으로 만드는 여자〈
노 리허설, 목뼈가 부러진다 해도 헤드뱅잉할 거예요
재밌으니까, 억지로 해야 한다면 그때는

〉 〈: 로시니의 오페라 《알제리의 이태리 여인》 중.
〈 〉: 로시니의 오페라 《세빌리아의 이발사》 중.
《 》: 자유롭고 변칙적인, 약간은 소박한 소울풍. 김이듬 작곡 〈레즈
비언 4〉 중.

보수동 우리책방 노상길 씨께 보내는 메일

댁이 사랑의 역사*를 감춰 놓은 걸 눈치챘습니다 몇 해 전 분실하지 않았더라면 간절하지도 않았을, 내 손을 한번 탄 그 책이 제 몸뚱아릴 함부로 굴릴까 봐 나는 열대야의 골목을 헤맸더랬습니다 팅팅 불어 나온 익사체의 손목들이 눅진한 함석 처마에 매달렸고 플라스틱 꽃대를 꽂은 난초 잎은 누렇게 떴더군요 누군가 내 손목을 베어 자신의 서재에 풍경처럼 매단다면 쇠파리를 쫓는 비닐장갑으로 환생할 수 있을까요 헌책방 골목으로 더러운 노을이 찐득찐득 번질 때 댁은 냄새나고 죽은 책더미에 파묻혀 잠들었더군요 짚어 본 활자중독자의 이마는 파피루스처럼 구겨졌지요 사랑의 역사 대신 내놓은 희귀본이나 이미 폐간된 잡지의 창간호도 댁이 날 달래 보내고 다시 오게 하려는 수작이지요 내가 찾아 헤매는 건 대체될 수 없는 사랑의 역사 원각본뿐

* 줄리아 크리스테바Julia Kristeva.

32

안나푸르나, 두 겹의 크로키

나는 모델을 선다 여기 안나푸르나 산장에서 대학 동아리 아르바이트 경력을 살려 모피 모자를 쓴 이탈리아 남자가 다가와 부탁했고 프리즈, 강세가 뒤에 있는 몇 개의 단어로 설득한다 나는 머뭇거리며 머리칼을 뒤로 넘긴다 (설마 우는 건 아니겠지 설마 처음은 아니겠지 샘플 100리터당 100만 개 그 숫자의 결벽증이 사정을 해명할 것이다 나는 악수를 하지 않았다 손을 조금 펼치며 〈안녕〉 했다 오해 마시라 우는 것은 헤어질 때 나의 관례다) 모자를 고쳐 쓴 화가는 한쪽 눈을 감는다 노란 연필의 칼로 나를 겨냥한다 코를 중심으로 수직적으로 자른다 목에 푹 칼집을 넣고 다양한 각도로 절묘하게 절단한다 윙윙윙 테라스를 흔들어 대던 행 잉 바스켓이 떨어진다 말라비틀어진 러브 체인 품종이다 창백한 화가는 비바람에 흩어진 부위 중 강렬한 것만 대충 수습해서 이젤을 끼고 실내로 들어간다 (이게 뭡니까 형은 개그를 하는 게 아니었다 스케치 여행을 간 시골 레스토랑이었고 커피와 마늘빵을 주문했었다 마늘빵은 그야말로 마늘 3쪽당 식빵 1개 그것들을 밀착시킬 잼도 소스도 없었다 나는 식빵에 구멍을 만들어 그를 노려보았다 액자 안의 그가 텅 비어 있다 케첩을 쏘던 주인이 움찔했다) 나도 안다 나는 뚜렷한 인상이 잡히지 않는다 안절부절 다가온 화가가 내 어깨를 비틀어 포즈를 만든다 쓰리, 털 많은 손가락으로 입을 벌려 놓고 얼굴을 부드럽게 주무른다 머리가 석고처럼 굳는다 굿 스톱, 나는 끈으로 졸라매 입은 치마처럼 어정쩡한 주름살로 미소라는 형식이 흘러내리지 않게 애쓴다 (설마 우는 건 아니겠지 언제 올 거니 설마 혼자 가는 건 아니겠지 네가 혼자 갈 수 있겠니 설마 한물간 개그처럼 그는 설마설마 하고 나는 눈 덮인 히말라야 산맥을 내달리는 백마를 타고 도주한다 여름 궁전을 지나간다 야크를 물리친다 오래된 미래의 도시 레가 보인다 착각 마시라 목적지는 아니다) 미완성된 그림을 노려본다 크로키가 움찔하면서 한 여자를 뱉어 낸다 오래전에 본 적 있는 여자다 처음 보는 듯 여자가 사방을 두리번거린다 눈의 흰자가 넓고 윤곽이 흐릿한 이 여자는 나에게 관찰되어지지 않고 이해되지 못한다 사라진 것들은 모델로 나타난다 나를 보면 도망친다 대학 작업실에서 긴 머리카락으로 자꾸 유방의 핑크색 부분을 가려 대다가 엉덩이를 씹어 대는 긴 나무 의자를 걷어차고 천천히 이국적인 팔걸이의자로 옮겨 앉았을 뿐인 듯 바싹 구운 빵을 우겨 넣으며 막 가방을 집어 든다 안나푸르나에서는 이렇게 밤마다 비가 온다고 지형적인 탓이라고 비가 와서 못 간다고 눈이 푸르스름한 주인이 더듬거리며 계속 말한다 나는 물은 적

없고 누굴 불러 본 적도 없다 도난당한 그림의 액자처럼 허
물어지는 비를 본다

고야와 나의 오월

그야 김이듬과 프란시스코 드 고야가 오월의 두 번째 날을 말할 때, 제각각 귀에 물을 쏟으며 서로를 꿰매고 갖다 붙일 때, 엄마가 귓속에서 살려 줘 울며 보챌 때, 늙은 나폴레옹이 혀짜래기소리를 하고 귀머거리 고야가 말 모가지 옆에 쓰러질 때, 스페인 혁명사와 무관한 살모사 도감을 볼 때, 이름 밝히길 꺼리는 공중보건의가 배를 갈라놓고 얼굴을 가릴 때,

대부분의 미술 해부학자는 5월 2일의 경우 반출이 어렵다고 잘라 말하지. 이날 아침부터 수십 년 동안 출산을 진행 중인 지겨워요, 어머니. 고야의 5월 3일 역시 반입반출이 어렵다네? 5월 3일부터 이듬, 자, 우유 먹자, 무슨 말을 하는지 못 알아듣습니다.

양수가 터지고 폭탄이 터지고 마드리드가 터졌다지.
또 터져 버리고 싶은 거 없으십니까?
근무지를 이탈한 병사는 애인의 목을 졸랐을 거야.
시립병원 끝 방 귀머거리 노인, 미혼모와 고아의 사인은 과다 출혈이었다지.
내가 태어난 것은 나와 관련 없는 사건이었을 거야, 뻔해.

>

고야는 외출해도, 5월 2일은 밖으로 나갈 수 없지.

장기적인 보존을 위해 어쩔 수 없대.

엄마의 5월 2일은 훼손 정도가 심해 확인이 금지되었어.

서로 전혀 무관한 일이지 폭력적인 결합을 원해?

넌 빨리 부패하고 싶어 온도와 습도와 빛을 조절했었어.

적절한 부패의 조건이 적당한 생존의 조건이 될 줄 알았다면

무조건 엄마와 관련 있는 것들을 수집하진 않았겠지.

엄마는 무슨 잡동사니 전시장 같은 내 방 한가운데 있어.

봐, 저기 침대에 누워 있잖아? 이제 밀반출은 엄두도 못 내.

냄새만 풍기지, 하필 오늘이 내 생일이라서 죽은 척하시

는 거라고!

후이족의 아내와 양의 끊어진 인터뷰

1

한때 난 해적이 되고 싶었다 그게 아니면 극악무도한 해
적의 아내라도 되려고 했다 음객들이 즐겨 쓰는 시편은 고
리타분하다 여행만 해라 깨우치지 마라

내 무릎 위에 앉힌 여자에게 미안하다 너를 침범했다 네
가 만든 레그만 한 그릇을 팔아 주고 이 지긋지긋할 아궁이
에 호기심 어린 렌즈를 들이댔다

포옹을 해서 민망하다 너의 인사법은 나를 혼란시킨다
이방인의 옷자락에 손 기름때가 묻을까 봐 만세를 부르고
안기는 여인

아 나도 내가 부끄럽고 더러워 해적을 외면한 적이 있다

두 손을 들고 살려고, 운명에게 항복하기로 작정하고 모
래 바다를 건넜다고 말하고 있는 내가 진짜일까 무슨 꿍꿍
이로 메모를 할까 타클라마칸까지 와서 잔모래보다 흔해 빠
진 시를 왜 만들고 있나 필사적으로 죽을 양으로

2

덩어리였다 다시 타려고 뭉쳐 둔 이불솜이었다 나는 창고

에 있었고 어렸다 가자는 대로 따라 갔고 그다지 하얗지 않
았다 귀에 구멍을 뚫고 일련번호를 달았다 여기 소수민족에
게는 主의 어린 羊이 아니다 매달아 놓고 벗겨서 잡아먹는
다 적어도 하루에 아홉 번 이상 목격할 수 있다 천천히 全過
程을 지켜보는 내가 하도 신기해서 유랑민들이 빙 둘러섰다
原形을 알고 나면 덩어리가 아니다 비키지 않던 양 한 마리
필사적으로 달리는 車(여기서는 거의 볼 수 없는)에 뛰어들
었다 아니다, 車님을 몰라봐서 運轉士가 밀었다 바퀴를 더
럽혔다고 죽은 양을 다시 치었다

나는 나무를 이해한다

새 한 마리가 다른 새에게 날아와
묻는다 어디 아프니? 그만한 걸 갖고
그날 저녁 죽은 새는 처음의 그 새
별 아파 보이지도 않았던 조그맣던
흰 건물의 옥상에는 꽃에 가까운 나무가 있다
거기로의 통로가 어딘지 모르고
거기에 사람이 드나드는 것을 본 적 없다
나무가 이동하는 일도 없다 흔들릴 뿐
나는 내가 볼 수 있는 각도로 나무를 이해한다
보는 것만으로
제법 먼 거리 턱을 들면 보이는 건너편
나무의 뿌리에 관해서는 자신 없다
화분에 묻혀 있으리라 짐작하지만 어떻게 저기 있게 된 거지
어두운 건물 위에 나무가 있다
건물의 용도와 나무의 관계처럼
옥상 위의 나무는 구름에 관해서만 집중하는 듯
나무를 보며 전화를 받는다
죽었을까 확인하려고 걸었어 대인기피증이냐며
힐난하는 친구야
한창인 시절의 나무를 본다

왜 아까워라, 아까워라 하는지
반짝하는 한철, 그냥 늙히기에 아깝다면
달리 뭘 하라는 거니, 먼 옥상엔 나무

언니네 이발소

내리막길에서 급정거를 한 건 순전히 한 사내 때문이었죠 흙먼지 뒤집어쓴 머리를 쑥 내밀며 막 땅속에서 솟아오르는 죽순 같았어요 나는 도로 묻히려는 그 사내를 다독거려 백일홍 가지에 약속을 걸어 두고 맞은편 이발소로 데려갔어요 육계 머리칼을 뜯어 비눗물에 담그고 문질렀지요 뻣뻣하던 머리칼이 파래처럼 부드러워졌어요 의자에 누워 있던 사내의 튀어나온 눈이 따가울까 봐 나는 출렁이는 젖가슴으로 닦아 냈지요 매일 머리를 감겨 달래면 어쩌나 화를 내면 어쩌지 내가 도로 사내의 팔을 부축해서 밖으로 나왔을 땐 어느새 노을 지고 백일홍 꿈결같이 졌네요

어디쯤이었을까

나는 사내를 끌어올린 구덩이를 찾지 못하고 두꺼운 이불을 걷어 내듯 도로를 헤집는데 사내는 일을 마친 성기처럼 안으로 쑤욱 들어가 얼굴만 내민 석인상이 되었네요

나의 기억에 반쯤 묻힌 당신을 꺼내
하루에도 몇 번씩 닦아 드려요
어디쯤에서 잘못되었나 고민하다가
광한루 지나

만복사지 옆 비탈길에서

비뚤하게 다시 만나면 안 될까요

가릉빈가

초점은 거기 맞춰져 있었다 사진 속 얼굴은 어렴풋하고 날개를 퍼덕이는 새가 우리의 목을 쪼아 대고 있었다 극락조 미소 지으며 응시하고 있던 곳은 세월 저쪽이었을까 우리는 어렵사리 찾은 동부도를 배경으로 억지로 웃었다 사진을 현상하던 암실에선 멜로디 칩이 내장된 크리스마스카드처럼 이상한 노랫소리가 들렸다 묘음이 목 조르는 것 같았다 서로 네가 날 목 졸랐느냐며 울음 섞인 공격을 퍼부었지만 사실 제가 울고 있었다고 고백할 만큼 어둡지 않았다 제 노래가 마음에 들지 않는 날들이었고 이미지의 초점이 맞지 않았다 시를 쓰지 않는 날은 가슴이 조이고 아프다 불면이나 흡연 때문일지도 모른다지만 새가슴 뼈 안의 새가 자연스럽게 울지 못하도록 내가 건 빗장 때문이 아니었을까 나는 좀 더 솔직해야 할 것이다

콜로라투라

봄은 자동문처럼 열리지
보는 순간 완성되는
끝까지 올려 봐
목소리 들리지 않을 때까지
닫아 두어서 밀고 나가지
회전문을 통과해도 알아들을 수 없는
눈부셔라 콜로라투라
공항의 담에 기대어
검붉은 사선으로
떨어지는 나는 자신이 없었지 담쟁이 같아
격앙될 자신이 없어
내지르지만 들리지 않는
안으로의 공명
이런 건 내가 아니라고
탱탱한 귤이 잘 까지지 않은 건
내 탓이 아니잖니
자지러지게 입술을 뒤집어쓰지
그러고도 불고 있는 내 속의 꽈리

벌

　그저 허전한 저녁이 매듭 풀어진 커튼 사이로 날아들었다
면 당신은 어쩌면 벌 한 마리를 보실 수 있을 겁니다 책상을
비추던 형광등 십자 나사에 침을 꽂고 돌리는 말벌은 열심
입니다 요란하게 날개 떠는 소리에 신경이 쓰이시면 주황색
몸통을 책으로 누르십시오 뚜뚝 떨어지는 먼지와 함께 주황
띠 투구를 쓴 병사는 당신의 의도대로 나가떨어질 것입니다
엄지손가락만 한 그것이 파닥거리는 횟수만큼 나는 발꿈치
를 들고 당신에게 넘어가 벌서고 싶어 했던 게지요

정동진 횟집

  분이 다 풀릴 때까지 전처 딸을 팬 횟집 여자가 하품을 하며 손질한다. 바다는 전복 속을 뒤집어 놓고 입 큰 물고기의 딸꾹질로 연신 출렁댄다. 푸른 등을 돌린 다랑어 내장같이 우린 칼등으로 서로를 기억의 도마 밖으로 쓸어 내고 싶은 거다. 자주 발라먹은 속살에 질려 산 중턱을 떠가는 흰 배 곧추선 닻을 본다. 이름난 여행지가 대부분 그러하듯 실망스러운 벗은 몸을 보여 주고 벼려 온 파혼을 감행하기 좋은 모래바람이 분다.

덜미 잡고 놀자

　피조리 거리에서 덜미 잡혔지 뒷절 상사중의 밑둥을 잡
고 흔들고 조종하지 난 묵은 자료를 들추다 남사당패가 되
어 너의 목을 움켜쥔 검은 모티프의 포장을 뜯었어 전자도
서관을 나서며 난 오늘 중으로 어머니라는 약점을 폭로한
인물에게 전화를 걸어야 했어 수요일엔 공후를 탄 어머니
를 이해하기로 했고 나는 목요일의 강가에서 머리를 풀지
이 갈래의 물길은 설득력 없이 거꾸로 흐르고 이렇게 머뭇
거리면 무대 위에서 자빠져 춤추던 인형 미소를 흘리며 자
살할 때까지 주문도 많아 내가 오늘이 가기 전에 해야 할 일
이 뭐더라 나의 덜미를 잡고 흔들어 대는 대받이 손을 베어,

조문객

의자에 불이 붙기 시작했고
문은 잠겨 있다
읽었던 행을 자꾸 읽는다
마음만 먹으면 열어 줄 수 있다
목조 창가에 불타는 노래가 걸린다
읽었던 행을 자꾸 읽는다
나의 관할구역이 아니다
내 일상 속으로 바싹 다가앉는다
찰칵
불이 꺼지고
계모는 책을 뺏어 간다
검푸른 리본은
목을 매기엔 짧다
공기의 결박
그 가닥의 끝에서
그녀 앞으로 송금된 것을
나눠 갖는
축제

오수전五銖錢*

주머니 속 동전을 만지작거린다
엄지와 집게손가락을 맞닿게 해 만든 동그라미
이거보다 작은 테두리의 청동 팔찌를 낀 말라깽이야
수천 년의 합장合葬이 즐거운 거니?
정말로 어떤 여자가 죽은 후까지 그 남자와 눕고 싶으리
쯧쯧쯧 동시 동작 커피를 마시며 네 눈을 보며
옷을 벗으며 딴 생각을 하며 어떻게 한 사람만 사랑할
수 있을까
끝장날 시각을 기다리느라 꽉
물고 있었던 어금니는 잇몸을 잊고
박물관 유리관에서 썩어 가면 그뿐
발굴할 수 없는 시간 너머로 가고 싶은 나는
미리 끊어 놓은 기차표 시각을 확인하지
급하게 뛰쳐나온 밤거리 널길처럼 어둡고
비는 여태껏 죽은 나무의 숲을 적셔 대고 있네
나는 동전을 달그락거리며
무덤보다 깜깜한 세상 속으로 들어갈 택시
어떻게 합승이라도 안 될까 싶어 마구마구
손을 흔들며 발까지 굴러 대네

* 오수전五銖錢: 무령왕릉의 지석誌石에 놓인 쇠돈 꾸러미. 토지신에게 무덤 터 값으로 지불함.

분실물 보관소

여기서는 아무것도 찾지 못한다 수천 권의 책 속에서 마야콥스키가 자살할 때의 권총 소리를 찾는 일 따위다

물건의 물건이다 회전하는 형식이다 스테인리스 강철 캐비닛은 어느 지점을 택할 것인가

맨 아래 캐비닛 속에는 산책 중의 바퀴가 강물 아래서 돌아가고 푸른 캐비닛은 여자의 몸 위를 질주하는 열차 때문에 삐걱거린다 쓰레기통에서 습득한 핏물 흥건한 낙태아는 손잡이가 떨어진 캐비닛을 연한 손톱으로 긁어 댄다

참담한 사물은 교미하고 번식한다

쌓이기만 할 뿐 찾아가지 않는 분실물로 빼곡한 나는 일지에 기호나 암호를 남기지 않는다 자정에 수많은 캐비닛을 점검하고 매일 컵라면을 먹는다

누군가 문을 노크한다 잘린 손목이다 순식간에 지퍼를 뜯고 뻣뻣한 물건을 쑤셔 박는다 뚝 부러진다 더 이상 집어넣을 공간이 없다

지하 스튜디오 고장 난 앰플리파이어

시체를 건드리는 느낌이야! 반응이 없어, 왜 이래? 뭐
가 문제야?

방음 시설 죽인다, 더 크게 소리 질러—올라오지 마,
나‥‥‥노래하러 여기에—자, 마이크 여기 있어 네 입에
넣어 줄게, 비명을 질러 봐, 소리가 나야 재밌잖아—아아 살
려 줘 안 돼—그렇지, 좀 더 애원해, 통곡하라고—멈‥‥‥
춰 개‥새끼들‥‥아—더 많이 하라네, 더 휘저어 주지 깎
아 버려 소리를 질러 줘 뭐야 좀 더 울어 봐 쯧쯧 아까워라
너나 해 아무 소리 안 나 전기 스파크 먹었나 봐

당신은 스튜디오를 동료들과 공유하였습니까?
그 사실이 실어증에 걸린 앰플리파이어와 어떤 관계에
있을까요?
언제 꽉 찬 소리가 터질지 모르는 그것이나, 무슨 말을
해야 할지 눈치를 살피는 당신이나 별 의미가 없기는 마찬
가지가 아닐까요?
물론, 나도 대답을 듣자고 물은 적은 없습니다

회피성 중독

바비 캐슬에서는 자정부터 줄타기 곡예를 한다 뚱뚱한 사내가 투명한 쇠줄에 매달려 트랙을 돌았다 천장에 붙은 전구가 박살 났다 원숭이처럼 울었다 눈두덩이 뻘건 여자가 금속 의자에 누워 죽어 가는 연인에게 한번 해 보라고 따귀를 갈겼다 애꾸눈이 상복을 입은 내게 치근덕대는 윙크를 보냈다 덤덤한 피치코크를 마신다 스위치부터 찾아야 해 발치에 푹푹 빠지는 어둠 뒤죽박죽 포도주 통에 달라붙는 벌레들 적당히 숙성된 소녀들이 화장실에서 무대의상을 갈아입고 가발에 붙은 입술을 떼어 담뱃불을 붙였다 내가 잘 때만 듣는 음악이 스피커를 통해 기어 나와서 쥐들처럼 반질거리며 구르는 눈알들을 갉았다 변기에 앉아 손가락을 빨던 아이가 아이를 내린다 하품이 나온다 아침 식단엔 베이컨이 빠질 테고 토요일 정오에는 명품가에 도둑이 다녀갈 것이다 뻔하다 돌고 돈다 한순간만이라도 아무 일도 일어나지 않는 시각이 있을까 그 고요 속에도 너는 오지 못하고 혼자 남은 나는 공중에 묶여서 돈다 도대체 거긴 지금 몇 시야

만어석촌萬魚石村

녹슨 칼날 같은 봄볕은 뭉툭뭉툭
구름의 배를 갈라
청석 물고기 떼 한 비탈에 떨어뜨린다
데워져라 검푸른 눈
살가워 아슴프레한 기억 때문에
시틋한 나는 더 쉽게 썩어 갈 것이다

포개지고 엎어진 물고기의 살
그 틈에 핀 다닥냉이꽃
피하고 싶었던 곳에
이렇게 닿아 버린 홀씨의 사투로
흥건하게 젖은 낭하
헤엄쳐 간다 기형적으로 예쁜 물고기들
청석 골짜기를 심해로 만들었다
나는 다친 물고기처럼 퍼덕거리는 바윗돌을 껴안고
시퍼런 절벽을 기어오른다

침대 옆 탁자 위

불이야, 산불 저길 봐 건너편 방어산 등성이가 타오르고 있어 방화범처럼 너는 건들거리며 웃네 여긴 안전한 벙커, 시꺼멓게 풀이 돋아난 흙방, 초콜릿 샌드 같지 만져 봐, 꼬리를 자르고 달아나는 도마뱀의 부풀린 다리, 밤안개가 깔아 놓은 뿌연 방석, 샛노랗게 비명을 지르며 쓰러지는 산수유나무 춤추는 그림자, 그 노란 열매를 물도 없이 삼키는 순한 달빛의 이불은 겨드랑이에서 넘실대지 어쩌나, 가린 손가락 틈으로 우리 엄마 신접 살림살이 타고 있네 마을의 큰 불이었어 풍선 같은 배를 쥐고 엄마가 날아올랐어 내 꿈속에도 아빠는 끓고 있어 늘 푸르르르 떨리는 등짝만 보여 주지 깡통을 쥐고 들썩거리지 나는 엄마의 배를 氣球처럼 부풀려 놓고 태어난 뱀 불타지도 못하고 섞이지도 않아 너만 아니면 난 고칠 텐데 으으 안 돼 생각이 자꾸 나므로 생각하는 이상스런 냉각제 단둘이 산 속에서 단둘이가 뭐냐 봄이시라 가셔, 이제 와서, 지금이 몇 살인데 엄마 엄마 웃겨, 산불은 번져 가고 너는 터질 듯이, 내 뺨을 때리지 재수 없지. 돌아서 뛰는 네 등은 금방 보이지 않고 나는 다 와 가면 내 발을 걸고 싶어 하지 이제 그러지 불과 함께 탈영한 병사를 돌려보내지 않아 오이를 심고 들을 태우면 잘 탈 거지 밤새도록 한 번도 서럽지 않게

피팅룸

원체 숫자에 약해서가 아니라,

누가 자신의 변해 가는 치수를 다 알고 있을까

내가 저울에 안 오르는 이유는 그럴 필요가 없으니까

알아서 뭐하겠니

게다가 세상의 언더웨어 공장에서는 다른 방법으로 표
기를 하는 걸,

이제는 착용해 보고 살 수 있다는 말이지,

제일 밑에 입는 옷을 겉옷처럼 입을 수는 없나,

이 브래지어 세트는 누가 입었던 것인지,

천 한 조각으로 안팎이 나뉘는 백화점 피팅룸

어서 안 나오고 뭐하냐구요,

나는 헐레벌떡 하나씩 벗고, 벗은 것을 쥐고,

다시 팬티와 청바지를 한꺼번에 입고, 이런 기술을 매
일매일,

지치지도 않고, 재어 보고, 맞춰 가며,

재밌게 달콤하게 분말의 통 속 혹은 캔디 종합 세트

상자로 바삐 들어갈 때까지, 벗었다가, 입었다가,

청춘이라는 폐허 2

수세미보다 굵고 수박보다 큰 오이가 자라고 있었습니다
서로 혐오하는 사이에 시들었습니다
차장은 나를 지붕에 태우고 출발 호루라기를 불었습니다
물소 떼가 길을 가로지르면 기다려야 합니다
그들의 느린 행진이 끝날 때까지 나는 카마수트라를 읽
습니다

날 안고 재워 주던 기계의 맥박 소리는 달콤했습니다
초콜릿 공장은 아니었습니다
알록달록한 플라스틱 원료 포대에 기어들어 가
달착지근한 책을 읽다 잠들면 옥상으로 옮겨졌습니다
하마터면 야근의 프레스에 뒤터진 슬리퍼가 되었겠지요

내가 올라탄 버스 기사는 아예 엔진을 꺼 버렸습니다
검은 소들은 꿈쩍하지 않습니다
머리 위에 재 같은 까마귀가 날아갑니다
입사한 언니들은 배가 불러져 움직이지 않았습니다
순진한 적 없는 나는 아버지를 도왔습니다
공장장 아저씨가 나를 발이 닿지 않는 선반에 올려 두고
외출증을 끊어 갑니다 치마에 피가 묻었습니다

플라스틱은 녹아 흐르고 쇳덩이들이 뜨거워졌습니다
처음으로 공장집이 따뜻해지자 사라졌습니다
착한 새엄마가 불을 냈을 리 없습니다

갑자기 소리 지르지 않아도 내 목소리가 들립니다
다녀왔어요, 아무도 내다보지 않는 작업장, 그을린 기계
들에게 인사합니다
옥상에 올라가 고양이만 한 쥐들이 들락거리는 구멍을
봅니다 읽지 말라던 책을 숨겨 놓았던 자립니다 이 쥐새끼
는 어디 가서 뭘 처먹고 구멍보다 크게 어른보다 잽싸게 자
랐을까요

방조와 가담의 차이에 관한 시퀀스

#5

안개 낀 부두에 앰뷸런스가 닿았다
천 개의 고원이 출렁인다
더 이상 손을 쓸 수 없다
미끄러졌을 수도 있다
싸늘하게 버려진 여자의
동공 없는 눈은 모든 것을 말한다
풍랑이 멈추었다

#4

여자는 지명을 알 수 없는 땅으로
무슨 임무처럼 걸어 나간다
스르륵 현관문이 열리고
밤바람이 끈적이는 검은 혀를 끌고 간다
흡족하게 때린 남자는
돌이켜 엎어 놓고 사지를 밟고
질척이는 계단을 내려갔다 코를 곤다
괘종시계가 몽유병자처럼
제 집을 뛰쳐나와
네 번의 비명을 질러 댔다

\>

\#3

새벽까지 퍼마신 남자는

오늘 몇 명을 진료했고

몇 건이나 긁어냈는지 정확히 세었다

다락으로 끌고 가

제 몫의 살점들을 친밀하게 학대한다

또 시작이다

아이는 안절부절못해

열쇠 구멍에 들어간 눈알을 빼지 못한다

네모난 연못

　네모난 연못가의 그 집에는 네모난 우편함이 있었다 단지 그래서 그 집엘 들어갔다 네모난 창을 향해 보면 명옥헌 정원이 보이고 무등산의 각진 능선도 보인다기에 황사가 날려 내 몸에 쌓이고 모래바람 같은 한숨을 다 뿜어내면 내 시가 적힌 치마폭을 찢어 간 그것이 우표를 달고 돌아올 줄 알았다 그 집을 대신 지키는 아마추어 조각가는 내가 뱉어 놓은 모래를 뭉쳐 연못에 돌팔매질을 일삼고 시도 조각도 네모난 연못도 봄 가뭄을 견딜 수 없었다 더 견딜 수 없는 것은 연못 속의 악어가 떼 지어 나와 조각 속의 시, 시 속의 물기를 씹어 먹는 것이었다 네모난 연못에는 네모난 달이 제 집처럼 처박혀 꿈쩍하지 않고 기침만 해 댔다 네 발 달린 짐승들은 모판이 엎어져도 성교를 멈추지 않고 내 치마를 찢어 간 그것은 모정茅亭 꼭대기에서 끊이지 않는 주문을 외웠다 나는 딸꾹질을 끝내기 위해 호흡을 멈추려는 사람의 조수는 아니다 더구나 왜 단조로운 회화는 오래가는가 하루 동안의 합숙과 시험이 꺼려지는 강화유리와 뜯겨 나간 쉬폰 물방울 치마와 임의적으로 결정된 해결책 책상 형태의 못, 그래서 그랬겠는가 모가 났다고 해서.

동짓달

울고 있니? 떨꺼둥이 아가
동티가 난 손가락 하나
시멘트 벽에 끼어 있어
똑똑 물이 흐르는 수도꼭지
수리를 미룬 뒤안의 골치
개밥 그릇 얼어 갈 때 원장은 잠든다
벌 세워 둔 아이를 잊고

잠들지 못한 아가
팥죽 같은 밤에 배 아픈 허기
뚝뚝 귀로 눈물이 들어가는 새벽
지난밤 동파하지 않은 수도관은 하나
가장 먼저 일어난 오줌싸개 소녀
비비 목을 꼬듯 수도꼭지를 틀어
5인분 계량컵 한 번에 11인분의
밥을 만들어 낸다

가내공업

말랑말랑하고 따뜻한 그
슬리퍼를 찍어 내는 기계 소리
아직도 금형金型에 털어 넣던 짙은 원색의 알갱이와
프레스 아래 누워 있는 뒤 터진 발꿈치와
마당 가득 찬 쇳물과 부대 자루를 떠올리는가?
수업 중에 꾸는 꿈은 금파 무늬로 정교하게 합성되고
선생이 고향 집에 관해 말하기를 시킬 때
강과 나무와 고즈넉한 마을을 그릴 수 없는 것은
기계 소리가 들리지 않던 오후의 불안
내 유년의 기억에는 초콜릿 시럽처럼
시멘트 콘크리트가 발려 있고
자라지 않는 생각의 나무 위에
우수雨水의 눈이 내리고 새소리는
시계가 미늘을 다는 소리처럼 친근할 때
뒷줄 아이의 발표를 들으며
나는 집은 천막이라 할지 하청공장이랄지
생지옥이라고 쓸지 조금 고민 중
창문턱에 묽고 흰 새똥

여름날 난로처럼 있다

한여름 밤 난로가 있다
쓸데없이 있다
눈이 오려면 멀었고
나무를 패러 간 아버지는
눈이 멀었나 보다
난로 위에는 솥이 놓여 있고
난로 아래에는 벼랑이다

한여름 밤 난로가 있다
어쩔 수 없이 있다
첫눈이 오려면 아직 멀었고
물을 길러 간 어머니는
길을 잃었나 보다
끓다가 식은 큰 솥에서
뚜껑을 열고 내가 기어 나온다

오프너

깡딱지를 만들려고 사이다를 마셨어
체리 시럽을 먹으려고 아팠었지
늘 쿠폰을 모으려고 식료품을 고르는 건 아냐
너를 안으려고 입술을 내민 거 아니야
정말이야 가끔은 그럴 때도 있었지만
방금 술을 마시려고 보니
저급한 와인밖에 없어 하필 경품으로 걸린 거
스크루가 없어서 칼로 따다가
깨진 코르크 마개를 빠뜨렸어
아쉬워서 네가 생각나
병 따는 기계처럼 유쾌하게 무슨 마개든
따던, 피가 날 때까지 몰랐어
네가 그립지 않고 아쉬운 게 아쉬워서
코르크 마개까지 가 보지 않아서 다행이야
뭘 할지 계획하지 않으려던 그때
잘못 열어 버린 마개 때문에
톱밥 같은 것이 목에 걸려 있는 길쭉한 병
넘어지고도 반 넘게 출렁이는
병의 3분의 2 지점이 성가셔서
무색의 이런 게 불편해서

어둠 속의 댄서

　나 할 말 많은 임신한 처녀 몰타 십자가 빛나는 난간에 서서 하프 현 위에 놓인 위태로운 손처럼 춤을 추네 젊은 무용수를 종용하는 바닷속 수소들의 흰 뿔 붕괴한 십진법의 자손들은 제 머리를 깃대에 꽂아 흔들며 부추기네

　쇼를 계속해 야호, 역시 나이트는 코리아야 자극적으로 투신해 봐 지난번 로데오 경기에서 다친 왼쪽 다리가 먼저 뛰어내리네 살점을 발겨 내네 오오, 갈급한 군중들이 머리를 바가지처럼 들고나와 탱탱한 젖을 서로 짜려고 달라붙네, 다투네 트림하며 흩어지네

　내일은 클럽 사하라를 지나 지중해에서 만나리
　독수리는 출근하지 않았고 난 대기실에서 골풀 바구니를 짜며 노래하네 이 순간에도 강제로 잉태되고 있을 만삭의 처녀가 실려 가지 물려받은 젖의 현에서 튕겨 나오는 여덟 줄기의 찬가 마르지 않네 샤먼 기질로 오, 나는 다시 쓰기 위해 무기를 씻네

계단을 내려가는 암소

울퉁불퉁한 감자는 깎기 어렵다
내쳐 놓은 거기서 독이 올랐다
담배 싼 은박지에서 황소가 나와
깁스한 다리를 물려고 했다
이쪽 다리가 성한 다리라고 가르쳐 주었더니
묵혀 놓은 다리의 싹이 맛날 거란다
반창고를 뜯고 붕대를 풀 때
충혈된 눈이 고름을 뚝뚝 흘렸다
긴장된 것이 풀리는 것만 봐도
가래 같은 덩어리가 배설된다고 했다
증상이 비슷했다
자꾸만 비좁고 작은 데로 들어가고 싶지?
창살 처진 쪽문을 열자
있는지도 몰랐던 계단이 있고
그 아래 정육점에서 암소들이
트럭째 엎치락뒤치락거리며
감자를 깎고 있었다
한 계단씩 천천히 내려가는데
아무래도 늘어났던 인대가
고무줄처럼 당겼다

줄넘기를 하던 황소가 항문에서 나왔고
진력난 감자만 아니라면
새것이 아닌 먹다 버린 거라도 괜찮았다
이태리 궐련 한 대 꼬나물고
물컹하고 울퉁불퉁한 계단에 앉아
여럿이 서로의 이를 쑤실 수 있다면
어떻게 요리를 했건
병원 음식은 먹기가 싫었다

오페라의 유령

애인은 감미로운 노래를 따라 흥얼거리는 안개의 늪으로 배를 저어 갔다 포물선을 긋자 거대한 샹들리에가 이마 위로 뚝 떨어졌다 돌연 가면이 벗겨진 애인은 내가 부엌에서 확실히 죽이고 나온 애인이었다 All ask of You 음악은 핏물처럼 끈적끈적 흐르고 있었다 너의 노래만 멈추면 나는 사라져 줄게 목을 조르자 솜털까지 튕겨 나간 구멍에서 클라이맥스의 노래가 객석으로 몰려 나갔다 기립 박수는 장기 공연을 예고했고 계속 죽어 줄 애인이 필요했다 내게 노래를 가르치는 것은 죽었다가도 수시로 되살아나는 당신, 희열의 뱃머리에서 늪 속으로 처박고 싶은,

불안한 재미

무너진 담장 위를 걸어간다 불안은
두 팔을 벌려 균형을 잡게 하고 연육
교 난간에 올라섰다가 포기가 현명한
건가 묻게 하고 유연한 불안은 높다란
지붕 위에서 헤드폰을 끼고 허리를 흔
들 수 있게 한다 적당한 불안이 어머니
에게 안부를 묻고 적당한 불안이 위로
가 된다 끌고 갔다가 내버려 두고 나에
게 밟혀지는 잔디밭의 사치스런 감촉의
불안 어깨를 툭 부딪치고 가는 불안이
주머니에 손을 꽂고 아무 데서나 시동
이 꺼지는 불안이 책을 읽는다 친밀한
불안이 흡족하게 고깃덩어리를 쑤셔 넣
게 하고 초시계를 찬 불안이 용서하라
고 다그친다

나는 내가 사라지는 것을 보았고

눈에 뵈는 게 없나 여기서 볼일 보는 이 남자 날 의식하지 못한다 뜨뜻미지근한 오줌 모처럼 정장에 다 튕기고 발을 헛디뎠다는 듯 내 가슴께로 넘어진다 고마워라 나는 마로니에도 아무것도 아니다 덥수룩한 머리칼 속으로 겨울비 강철 젓가락을 쑤셔 대는 밤 손 휘저어도 버스는 그냥 지나가고 초면의 이 남자 토악질하다 내 손수건 내팽개쳐 벌떡 일어난다 사차선 물길 속 비틀거리며 간다 찢어지는 경적 소리 다행이야 나는 고단한 긴 의자도 뒤집어진 우산도 아닌 거다

내 돈은 왜 안 받니 나는 울면서 국수를 먹었다 이복동생의 대기실에서 반갑다 어깨를 두드렸을 때 연미복 위 비듬만 터는 손등들과 모두 나를 지나쳐 악수를 하는 손바닥, 흔들며 이름 부르면 딴 데를 두리번거린다 내가 안 보이는 거다

의자에 앉아 있던 사자가 쓰러졌을 때 나는 싸울 상대가 없어질까 봐 무서웠다 내 살점을 먹으려 해도 밥이 될 수 없었다 그때 책상에 불이 붙기 시작했고 나는 읽었던 행을 다시 읽었다 불 속으로 바짝 다가앉았다 누가 내 눈꺼풀을 걷

어 올리고 흰자위에서 무명실을 빼내기 시작했다 그 가닥의 끝에서 소복들 마련하고 리본을 매단 채 새 사업 자금을 챙기던 식구, 그때부터 그들에게서 나는 백목의 귀신이 되었다 수저 없는 밥상과 서둘러 끝낸 가족회의, 꺼진 난로와 이사 간 집을 찾아다니는 나는 아마 그들 눈에 보이지 않는 미세한 먼지, 재가 된 의자, 점점 나를 관통해서 지나는 사람들, 참 이상하지도 않다 나는 하루에 몇 번 느닷없이 사라지는 나를 적응한다 아무 데도 없이

뒤주 속의 아리아

여기에 숨으면

언니도, 아빠도 아무도 날 못 찾지

억지로 웃지 않는 달의 마스크

가면을 뜯어내지

엄마라 부르고 얻은 밥을 토해

삭지 않은 쌀벌레들

바글바글 나방 나방이 달빛이

반쪽을 갉아먹은 몸의 뒤주

아아 머리가 밖으로 튀어 나가

들키기 싫어

고분고분할게

머리만은 잘라 끓이지 말아요

아 어머니라 부를게

삶아 먹고 한 광주리 남은

살, 살들 삐죽삐죽 나온

이제 두개골 속에 들어가

노래하는 뒤주

즐거운 비명의 아리아

너덜거리는 혀

달에 흰 나무의 뼈

출렁출렁거리네

구름무늬 족좌足座

죽은 왕의 무덤을 만드느라
그들은 또 얼마나 죽어 갔을까
아무것도 비추지 못하는 청동거울의
침침하고 긴 복도를 지나
나는 사마왕斯麻王의 발받침 앞에 서 있다
들려 다니던 이는
죽어서까지 땅에 발붙이지 못하고
구름무늬 족좌에 발목을 얹은 채 발굴되었다

한밤중에 깨어나
베개 위에 올려놓은 내 다리를 본다
어둠 속 낯선 발가락은
죽은 듯 살아가는 나의 일상처럼 꼼지락거린다
현실에 발목 잡히지 않으려고
하반신을 한껏 들어 올려
신음을 뱉어 내거나
어설프게 다리를 꼬고
적당한 간격으로 흔들어 댔다
꿈속에서도 나는 날아다니느라
구두가 닳지 않았다

한 뼘쯤 물러나 있던 발을
찬 바닥에 내려놓는다

흥, 뭘 내려놔?
혁명과 선의라는 말은 거른 저녁밥은
사소하게 질기게 잠을 덜 깨웠니?
네가 하려던 말이 뭐니? 그걸 알기나 해?
쯧, 톰 앤 제리 옐로 티셔츠 말려 올라갔잖아, 홀랑 까졌
잖아, 밥 대신 뭘 먹었는지 생각 안 나? 도넛과 딥 키스가
얼마짜리였니?
  내 꼴이 이상하니? 그게 예쁘니? 이중 언어 다중인격 던
져져라 너! 우리 근처에 이 바닥에 얼씬대기만 해 봐

시소

　내 산책의 코스는 주어진 구역 안에서 이루어지지 걸음의 보폭은 짧게 여섯 발자국 정도, 정방형의 대각선으로 기우뚱하게 건디는 방식이랄까 형편이 된다면 여기를 벗어나겠지만 나는 미숙아이고 시골의 경사진 놀이터에서 요양을 해야 한다나 불과 잠든 채 걸어 다니던 아이였을 때 이 빨간 돌을 어디서 구했냐고 턱을 괸 경찰관이 물었지만 설득은 피곤하지 돌멩이를 축으로 해서 나를 또래 취급할까 봐 불리하게 비사교적으로 기울어지는 쪽을 택했어 나는 관절을 잘 구부리지 못하고 그네들 그림자보다 덜 현명할 거야 원래 쿠션이 없었으니 변형을 모르는 미완성으로 무릎 높이만큼만 올라갔다가 내려가는 정도, 내가 엉덩이를 데리고 놀 때 보너스로 받은 달빛의 마이너스 질량

　이제 이쪽에서 저쪽 끝으로 움직이는 정도, 대여섯 걸음, 붙잡지 않고 움직이므로 우둘투둘한 강물 속으로 퉁퉁 불은 손잡이를 던졌어 평균을 구하려면 골치가 아파 나는 눈병이 난 아이들과 사칙연산을 못하는 육체파 보모와 먹지 않아서 부풀어 오른 배를 가진 시설에서 끽끽 소리를 내며 흔들리지 솔직해야 한다면 지저분한데 낡은 선실 바닥처럼 물이 드는 복도를 울리는 반복되는 기침, 목쉰 사이렌 소리, 샤워 도중 몇 차례 정전이 있었고 급하게 이동했던 촛

불과 탈출 시도

　고분고분하지 않은 중심을 말해 줄게 내가 이 무게를 견
디지 못해서 부러지는 게 아닐 거야 오히려 균형을 꽉 잡은
상태가 익숙할 때 나의 둥근 몸통과 기다란 사지와 연약한
폐를 폐기할 거야 임시적으로 구석으로 몰렸을 때 한쪽으
로 무척 쏠려서 끽끽 숨소리가 끊어졌다 이어졌다 했을 때
가 한결 나았어 기다란 등에 데칼코마니를 그리라며 다들
얼마나 다그치는지 스스로 터득한 낙법을 준비하는 동안 터
질 듯했던 심장이 안정되는 것 같아 손가락 빠는 버릇 정도
가 문제가 될 뿐, 나는 전설적으로 대칭을 혐오하는 미성
년, 이럴까 저럴까 예외적으로 결정하는 겨우 일어섰다 앉
았다 하는, 뭣부터 해야 하나 순서도 없이 전력으로 치우
치는 불균형

무의지의 수련, 부풀었다

신주쿠공원의 수련은 극단적이다
히스테릭한 여자처럼 보일 수 있다
갈기갈기 찢긴 얼굴로 치올라온다
두 송이 수련은 마주 보고 서른셋 단검을 꽂으려 한다
몸을 묶인 채 끌려갔을 때 희미한 빛조차 없던 방
질펀한 흙바닥을 납작 기어야 했다
그런 데가 있었다 땅이 흔들리며 가라앉았다
두세 번이 아니라 반복되고 또다시
내가 잠시 비운 사이에 너 움직이면 알지?
일본 남자의 칼은 길지 않았다
신주쿠 검붉은 수련은 늪 속의 뿌리를 모른다
나는 재빨리 유리 천장에 얼굴을 처박았다
분간할 수 없이 햇볕은 깨뜨려졌다
수련은 육중한 수면의 문을 대가리로 뚫고 올라온다
파편으로 찢어발겨진 꽃잎들이 수련을 완성한다

드므

동그란 입안에 물뱀이 삽니다 밤마다 그는 흰 방에서 나와 물뱀을 데리고 놀다 갑니다 잘 자라도 걱정 안 자라도 걱정입니다 망설이느라 난 여태 발육이 늦은 다리를 갖고 있습니다 용마루에서 그믐달이 내려온 밤 그는 물이 된 나를 미처 알아보지 못하고 뱀(물) 속에 빠져 죽어 버렸습니다

나는 아버지도 먹고 여태 둥그런 드므에 삽니다 나는 죽을까 말까 망설이느라 시도 못 쓰고 흐르지도 못합니다 뱀만 잔뜩 우글거리는 드므입니다 매일 밤 들여다보느라 동그래진 돌멩이, 귀신 하나 못 쫓는 빗물입니다 사람 잡는 어린 배암입니다 마셔도 마셔도 입술 젖혀진 드므입니다

렌즈 없이 본다는 거

오로지 스스로가 이해하려는 데 실패한 사유가 참된 것이다
—아도르노

세수하다 렌즈를 잃어버렸다 누군지 정확히 알 수 없는 남자와 놀았다 북경장에서 꽃빵, 처음 보는, 이름을 외웠으나 잊어버린, 느끼한 요리를 먹었다 다음엔 먹지 말아야 하는데 이름을 모르므로 초조했다 그게 걸려서 다 토했다 몇 년째 다니던 병원이 옮겨졌으나 그 사실을 잊어버리고 다시 그 병원이 있던 옛날 동네로 갔다 어지러웠다 나는 막 개업했던 그 어린 의사를 신뢰했으나 수소문해서 갈 정도의 열의는 없다 근처 오락실에서 놀다가 다시 배가 찔리고 아파 오락실 위층 내과로 갔다 급체한 것이라고 급성 위염의 일종이라고 원래 잘 이렇다고 말해 줬으나 늙은 의사는 믿지 않고 청진기를 쥐고 여기저기 온몸을 수색했다 무릎을 붙이고 가슴을 압박했다 나는 거기 아니 여기 아프다 울먹였지만 그는 땀을 흘리며 오래오래 진찰했다 집에 돌아와 언니에게 말했더니 서내과는 유명하단다 아는 사람은 아무도 안 간다고 나는 약도 안 먹었는데 복통이 사라지고 구역질도 끝났다 다시 비위에 맞지 않는 사람이나 음식을 먹어 배가 아파지면 또 갈지 모른다 그 늙은 정신병자 변태 돌팔이로 소문난 그 의사가 날 고쳤으므로 아무리 생각해도 하도 신기해서 쓴다 비유나 상징 따위에 신경 쓰지 않겠다 아까 내가 웩 토했던 담벼락과 냉이 꽃밭이 좀 부담되지만

사랑했지만

건네받은 검은 가방에는 수첩, 지갑, 볼펜 그리고 봉투가
있었다 뭔가 더 있었을 것이다 라디오헤드 시디였거나
말아둔 양말, 미세한 먼지가 날렸던 것 같다
흰 무지 봉투 안에는 백지 같은 것이 있었다
잔글씨로 이름, 주민등록번호, 집 주소 매직으로
나의 연락처가 씌어져 있었다
결국 쓸 글은 짧고 건조하다
공문서처럼 접혀져 있던 그것은 난작난작했고
정직하게 준비된 방법을 통한 해명이
있었다
인과율은 없다 반폴라 티셔츠는
벗을 때마다 머리칼을 헝클고, 내겐 잘 어울린다
구두의 보폭이 줄어들 때 벌써 난 두근두근한다
조금씩 왼팔은 길어지고 끝까지 잡고 있다가 찢어진 것
을 진술할 기운이 없다
　피륙 벗겨진 전선은 실어 나른다 유서의 마지막 수신자
를 향해,
　통곡과 절규를 받아 줄 에어백이 되고, 미음을 떠 넣어
주는 가느다란 스푼이 될 것이다 내가 흠모했던 그의 프랑
스 연인의

콘크리트 쿠키

콘크리트 사이 뽑혀진 나무가 있다

이 건물은 짓고 있는 걸까 허무는 과정일까

나무에 걸터앉아 정면을 본다

시뻘건 페인트로 그어 놓은 유리창에 X
여자 X가 비친다
늘어진 스타킹을 추켜올리자 나무도 뿌리를 치켜 올린다
기억을 말리고 나면 이식될 나무다

매트리스가 되어 준 콘크리트
X는 기계 가운데서 태어났다
무허가 공장은 밤낮 하나라도 더 만들라고 다그쳤고
엄마는 x를 지나치게 빨리 생산했다
숨을 쉬지 않아
아냐, 틀려먹었어

X는 x처럼 곧바로 울지 못한다
허물어진 벽돌 아래 죽은 고양이를 묻을 때도

딱지를 떼고 쥐 오줌 묻은 교복을 꺼낼 때도
고장 난 기계처럼 쇳소리만 내었다

X는 아니다이다가 아니다
그렇게 날 자꾸 데려가면 곤란하다
현장에 X가 휘갈겨져 있으면 투명한 것이 있다
쓰러진 것이 살아 있는 것인지 죽어 가는 과정인지
유리창에 비친 나무의 뿌리를 만진다

밀가루 반죽은 나비처럼

코마네치가 날아다니는 모습을 보았어요
높은 철봉에서 낮은 철봉까지
나는 하얀 머리핀을 꽂고
마루 끝에 걸터앉아
수제비가 날아다니는 모양을 보았어요
다시는 백양나무 숲으로 가지 마라
개가 널어놓은 실내화를 물고 갔어요
윤이 나고 보드레한 밀가루를 치대고 있어요
연못에 동전을 던져 넣는 영화처럼
할머니는 밀가루 반죽을 솥으로 던지고 있어요
아무리 멀리 있어도 던져 넣어요
수제비집은 이제 없어요
할머니는 리어카 위에 있어요
거적 바깥으로 손만 나와 있어요
부엌까지 밀가루 반죽을 던져 넣어요
나는 할머니를 데려가는 사람들을 따라가요
희뿌연 숲 속에 나비 떼가 날아다녀요
연기가 솟구치는 솥 안에 나비들이 둥둥 떠 있어요
날개 쪽이 딱딱해요 앞니가 깨지지 않게
나는 철봉을 쥐고 다닐 거예요

롤러코스트, 무한궤도를 타는 거라 상상해요
철봉은 왜 자꾸 코마네치를 돌돌 휘감는 거죠?

달에 씻다

푸근한 생각이 나는
장자長子 집 호정戶庭에
든 것 같다*
자귀꽃 지는
검은 비석의 숲길을 지나
밤꽃 냄새에 취한 척
일주문을 비껴간다
무명베 씌운 문가에서
얼레빗질을 하는
벗은 몸의 달을 본다
갓 난 여체의 핏물에도 잠길
무덤보다 좁은 세월각洗月閣
죽은 이의 영혼을
달에 씻는 limbes
붉은 달빛의 갈고리
살점을 찢어 간다
자귀나무 꽃 진다
달맞이꽃 죽어라
나는 달도 씻기지 못할
냄새나는 문틈

끼이고 조여 가며
기다리지도 않는
기다림으로
지옥과 천국의 변방에다
오래도록 살아갈 모형을 판다

* 육당 최남선의 「심춘순례尋春巡禮」 중 「응광사 가는 길」에서.

김이듬의 감성 지도

황현산(문학평론가)

시적 취향과 시적 감수성은 같은 것이 아니다. 게다가 그
취향이 '좋은 취향'을 말하는 것이라면 더욱 그렇다.

좋은 취향을 갖는다는 것은 모름지기 어떤 구성력을 전제
로 하는 것이기에 세상의 중심에 설치된 옥좌를 향해 조공
을 올림으로써 그 문별력을 인정받는 것으로 이루어진다.
그것은 화이론華夷論을 내세운 문화적 이상을 믿고 제안하
는 것이며, 따라서 늘 평가가 뒤따른다. 아니 평가가 앞선
다고 해야 더 정확한 말이다. 이미 평가를 받은 것의 외부에
설 수 있는 미적 취향은 없다. '좋은 취향은 그 평가의 역사
를 이해하고 그 역사와 자신의 형성사와 동일시할 수 있는
능력과 다른 것이 아니기 때문이다. 시적 감수성은 중심을

모른다. 그것은 몸의 불편함이거나 쾌적함이며, 몸의 무거움이거나 가벼움이다. 그것은 화華의 유토피아에 가려진 현실의 이夷에 들리는 능력이며, 말과 이미지들의 통일된 권력 아래에서 존재들의 불화와 지리멸렬함을 깨닫고, 그 세련되지 못한 힘을 다시 파악하는 능력이다. 시적 감수성은 그 또한 역사의 산물이라고 하더라도 그 자신은 역사를 모른다. 그것은 하나의 사태를 역사 속에서 추수하고 합리화하는 것이 아니라 그 사태의 원점으로 몸을 끌고 내려가 그 기원에 의문을 제기하고, 그것을 이방인의 눈으로 바라봄으로써 하나의 '정신'을 창출하는 능력이다. 감수성은 항상 처음부터 다시 시작한다. 취향은 공시적으로도 통시적으로도 늘 든든한 토대와 배경에 의지하지만, 감수성은 그 지위와 실천이 불확실하고 불안하다. 취향으로 시를 읽는 자들은 제가 읽는 것을 '시'라는 말로 벌써 반 너머 이해하며, 취향으로 시를 쓰는 자들에게서는 '시'라는 말이 벌써 반쯤 시를 써 준다. 감수성은 의지할 토대가 없다. 그것은 시적 프롤레타리아트를 만들어 낸다. 랭보가 어디선가 "거지처럼 대리석 둑길을 달려갔다"고 했던 말은 빈말이 아니다. 문화가 아니라 제 생명을 수단으로 삼아 시 쓰는 자는 따라서 이렇게 묻지 않을 수 없다: 내가 지금 쓰고 있는 것이 시인가?

사람과 교섭하는 방법에서, 말을 다루고 시를 쓰는 태도에서, 요란하기도 하고 애처롭기도 한, 그러나 의심할 여지없이 매혹적인 김이듬이 데뷔작으로 들고 나온 것도 이 질문이었다.

　　습관성 유산에는 정확한 분석이 필요한데 당신의 할머니처럼 다산성의 별보배조개 체질도 아니고 당신 어머니같이 들큰한 애액을 분비하고 까무라치는 가무락조개 성질도 닮지 못했으니 갑골 문형에서 심각한 유전자 변형을 일으킨 것은 매일 고통의 각성제인 모래를 치사량 이상 삼키거나 일부러 깊숙하게 상처를 내나 본데 나의 소견으론 내부의 백색 알갱이를 포기하고 몸을 내게 맡기는 건 어때 어차피 패물이 퇴물로 될 때까지 화폐로 유통되긴 마찬가진데 반짝이는 암세포를 제거하면 눈깔만 한 양식 진주 목걸이를 당신에게 걸어 주지 몰락한 부족에게 그게 어디야

　　　　　　　─「조개껍데기 가면을 쓴 주치의의 달변」 전문

　시의 생산자로서 김이듬은 선대가 누렸던 건강하거나 든든한 생식기관이 자신에게는 없다고 생각할 뿐만 아니라 그것을 바라지도 않는다. 의식 없는 대량생산이나 자기 상실의 공법이 진정한 창조에 이를 수는 없기 때문이다. 그가 이물질을 섭취하거나 제 몸에 상처를 입히는 것은 육체 전체를 특별한 종류의 감각기관으로, 다시 말해서 시적 감수성의 자리로 만들기 위함이다. 말의 프롤레타리아트인 그

에게 육체밖에는 다른 생산수단이 없기 때문이기도 하겠지만, 새로운 종류의 창조자로서 자긍심을 숨기지 않는 그에게 정직하다고 믿을 수 있는 것은 육체밖에 없기 때문이기도 할 것이다. 그러나 불모의 상태는 오래 계속된다. 관찰자는 그에게 눈먼 세속에서야 똑같은 가치를 가지고 통용될 모조품을 생산하라고 은근히 권한다. 이에 대한 시인의 직접적인 대답은 없다. 이 대답의 부재 때문에 시의 알레고리 구조는 얼핏 평범하게 보인다. 선대와 시인 자신의 대비도 그렇고, 고통의 결실로서의 진주의 비유도 그렇다. 그러나 의외의 반전은 마지막 몇 마디에 있다: "몰락한 부족에게 그게 어디야". 시인은 자신이 몰락한 부족에 속한다고 믿는 것은 아니다. 오히려 시인 부족을 몰락으로부터 구할 책임이 자신에게 있고, 그러기 위해서는 자신이 전적으로 시의 성감대가 되어야 한다고 결심할 뿐이다. 이렇듯 육체의 감각에, 또는 감수성에 의지하는 시는 시의 운명에 중대한 계기가 되려는 영웅적인 결단을 숨기는 방식으로 드러나며, 이 시가 일정한 시적 상태를 획득하는 것도 그 때문이다.

어떤 결단이든 결단 뒤에는 덫이 있는 것은 말할 것도 없다. 감수성이 몰고 오는 시적 상태는 강렬하고 강력한 것이지만, 그래서 결단을 부르지만, 그것은 또한 벌써 말했던 것처럼 토대가 없는 것이기에 굳건한 결단에 의지하기도 한다. 거기에는 어떤 조급함이 있다. 「거리의 기타리스트-돌

「오지 마라, 엄마」의 엄마에게도 이 조급함이 있다. 지하도에서 아기를 기타처럼 연주하며 앵벌이를 하는 이 엄마는 물론 시인이다. 꼬집어서 울릴 수 있는 이 아기는 감수성의 예민함이거나 강렬함이기보다는 감수성의 연약함이며 약점이다. 그것은, 또는 그것에 의지한 시는 성장하지 않으며, 시인이 만나게 되는 끝없는 비애와 공복감 그리고 "백만 마일의 바퀴벌레"일 뿐이다. 시가 물신이 되는 것도 이 때이다. 기타리스트가 기타를 안았다고 생각할 때 실제로는 기타가 그를 안고 그의 목을 조르고 있다. 시인이 시를 제어하고 생산하는 것이 아니라 시가 그를 사로잡는다: "기타는 기타 케이스 안으로 기타리스트를 밀어 넣는다". 이 부정적인 물신에 시선을 멈추어야 하는 이유는 그것이 시인의 운명을 알레고리화하기 때문이다. 시인과 시가 이 사로잡힘과 사로잡음의 관계에서 상호 공범이 될 때만 시인이 그 이름으로 살아갈 수 있다는 운명. 그래서 시의 물신화는 시적 결단의 다른 형식, 말하자면 극단적 형식이다. 생명의 가장 강렬한 감각이 죽음에 가장 가까운 감각인 것과 같은 이치로 시의 존재를 증명하고 선언하는 감성은 종종 극단적 감성이다.

김이듬의 시에서 이 극단적 시적 감성은 자주 성감에 비유된다. 「욕조들」에서 시 쓰기는 카섹스의 형식을 지닌다. 시인은 욕조에서, 설명하자면 어떤 감정에 흠뻑 젖어 있는 상태에서, 손을 내밀어 전화를 받는다, 설명하자면 영감을 얻는다. 그는 전화의 지시대로 서둘러 차에 올라타고 간결한 섹스를 치른다, 설명하자면 영감의 핵을 짚어 감정을 형식화한다. 형식화는 당연히 지적 작업의 도움을 받아야 한다. 그러나 이 지성이 제 몫을 요구하지 않는 경우는 없다. 지성은 감성을 형식화할 뿐만 아니라 불모화시키고, 급기야는 시적 감성과 시인의 관계가 벌써 낡아 버린 이야기를 되풀이하는 선생과 졸음에 겨운 학생의 그것으로 바뀌고 만다. 이 졸음에 껴묻어 온 꿈속에서인 듯 시인은 경주 남산에 들어서는데, 그는 거기서 수많은 욕조와 "열고 하고 뒷물을 또 하"는 풍염한 섹스의 장면을 목도한다. 남산의 "삿갓 골짜기에 싱싱한 알몸"들을 보며 그가 염려하는 것은 "집에 두고 온 고무공만 한 자궁"이다. 그의 창조적 자궁을 협소하게 만든 것에 관해 말한다면, 그것은 시인의 비평 의식과 다른 것이 아니다. "더욱 사실적으로 표현하지 않으면 포르노그라피가" 된다는 것을 그는 알고 있다. 감성적 시 쓰기는 육체적 임상의 시 쓰기이며, 따라서 육체적 현실에 입각한 자기 비평을 함축한다. 감각과 감수성의 시법이 겉보기와는 달리 가장 자주 불감증에 시달리게 되는 것은 이 때문이다.

어쩌면 김이듬의 재능은 이 불감증을 이용하는 방법에 있다고 말해야 할지 모르겠다. 그에게서 특별하게 아름다움을 누리는 시들은 거의 언제나 기대되는 시적 영감과 그것을 비평하며 엇비껴 가는 현실 인식을 미묘하게 결합하고 있다. 「달에 씻다」가 그렇고, 「언니네 이발소」가 그렇다. 앞의 시 「달에 씻다」는 최남선의 문장 하나를 글머리에 얹어 두고 있다. 최남선의 글이야 지식의 면에서도 정조의 면에서도 조화롭고 풍요롭지만, 뒤이어지는 김이듬의 글은 이 조화와 풍요를 제 것으로 누리려 하지 않는다. 송광사를 찾는 시인은 "밤꽃 냄새에 취한 척"하며 일주문으로 곧바로 들어서려 하지 않는다. 그 문을 정식으로 들어서는 순간부터 그는 불교적 상징체계를 건성으로라도 받아들여야 하는데, 자신의 감수성으로는 그 일을 감당할 수 없다는 것을 알기 때문이다. 세월각도 물론 그 상징체계 가운데 들어간다. 죽은 사람의 위패를 사찰에 봉안하기 전, 그 영혼이 세속에서 입었던 때를 씻을 수 있도록 잠시 머무르게 한다는 이 작은 절집 앞에서, 김이듬은 '달을 씻다'로 받아들여야 할 세월(洗月)을 '달에 씻다'라고 읽는다. 실수건 고의적이건 그 이유는 같다. '달을 씻다'의 달은 마음속의 달, 곧 관념 세계의 달이지만, '달에 씻다'의 달은 하늘의 달, 곧 감각 세계의 달이다. 밤꽃 냄새가 일주문을 향한 발걸음을 벌써 흩뜨려 놓았던 것처럼, 이제 하늘에 걸린 "붉은 달빛의 갈고리"가 홍진의 일점까지 벗어 버릴 명경의 달을 비판한다. 피와 살을 거느린 김이듬의 영혼에게 세월각은 하룻밤 탈각의 거처가 아니라, 영원한 정죄와 기다림의 장소, 곧 "지옥과 천국의 변방"인 "limbes"가 된다. 김이듬은 거기서 감각의 달이 관념의 달과 일치할 때까지 기다리겠지만, 또한 감각의 달로 찢기고 분열된 마음의 달이 그 마지막 관념성을 벗을 때까지 기다릴 것이다.

「언니네 이발소」에는 감각된 현실이 관념의 형식을 얻는 한 과정이 있다. 이 시에서 성애의 삽화 한 장을 보지 않기는 어렵다. "흙먼지 뒤집어쓴 머리를 쑥 내밀며 막 땅속에서 솟아오르는 죽순 같았"던 사내의 행색과 출현에도, "육계 머리칼을 뜯어 비눗물에 담그고 문"지르고 "의자에 누워 있던 사내의 튀어나온 눈이 따가울까 봐 나는 출렁이는 젖가슴으로 닦아" 내는 여자의 정성에도, 짧지만 강렬한 성애적 관능의 체험이 있다. 사내는 "일을 마친 성기처럼"―더 정확히 말하면 일을 마친 성기가 늘 그렇듯―"안으로 쑤욱 들어가 얼굴만 내민 석인상이 되"고 만다. 성적 관능의 환상과 기쁨은 거기서 끝난다. 어떤 강도 높은 감각도, 어떤 처연한 관능도, 순수 감관의 체험에 해당하는 모든 것은 그 덧없음 때문에 그 깊이를 의심받는다. 감수성에 깊이를 주는 것은 오직 기억이다. 육체를 특별한 자리로 치켜 올린 감각의 강도가 마음의 깊은 자리에 특별한 기억을 묻어 둔다.

나의 기억에 반쯤 묻힌 당신을 꺼내

하루에도 몇 번씩 닦아 드려요

어디쯤에서 잘못되었나 고민하다가

광한루 지나

만복사지 옆 비탈길에서

비뚤하게 다시 만나면 안 될까요

—「언니네 이발소」 부분

    만복사지가 그 사내를 다시 만날 장소로 선택되는 것은 사내의 얼굴 하나가 귀두처럼 묻혀 서 있는 자리가 그곳인 까닭도 있지만, 또 달리는 김시습의 한문소설 「만복사저포기萬福寺樗蒲記」의 무대가 그곳인 까닭도 있다. 산 남자와 죽은 여자가 만나듯 감각 세계의 제한된 생명의 표현과 그 열망에 영원의 형식을 부여하는 기억이 거기서 만난다. 그것들이 조우하는 방식인 "비뚤하게"는 어떤 종류의 사련邪戀을 암시하는 것만은 아니다. 주어진 형식을 깨뜨리고 얻어지는 감수성이 굳건한 생명과 깊이를 얻기 위해 기억의 형식으로 다시 둘러써야 하는 모순이 그 표현 속에 들어 있다. 이 모순의 도약대 위에서 덧없는 감수성은 안타까운 신화가 된다. 신화는 불모의 비판적 감수성의 어느 한계에 이르러 자신의 질긴 끈을 놓아 버리고 판단을 정지하는 자리이다. 이때 낡은 형식으로만 기념되던 '시'에는 옛날 그 형식을 만들어 내었던 최초의 감수성과 열정이 다시 스민다.

    김이듬의 시를 읽다 보면 이렇듯 우리의 시적 감수성이

개척하고 답사해 온 지도 한 장을 얻게 된다. 짐작할 수 있다시피 지도를 만드는 것은 행정의 어려움이다. 글을 읽는 감수성이 깜짝 놀랄 때 글을 쓰는 감수성은 불모에 시달린다. "결국 쓸 글은 짧고 건조하다"—이것은 시 「사랑했지만」의 한 구절이며, 어느 자살자의 유서를 비평하는 말이다. 욕망을 모두 증발시키고 제 존재를 한 개 점으로만 남길 때, 사람과 세상을 연결시키는 말이 그러할 것이지만, 욕망이 그 사람을 가득 채웠을 때도 그 말은 짧고 건조할 것이다. 감수성은 욕망을 채워 갈 때 살아나고 비울 때 살아난다. 그것을 표현하는 말도 그렇다. 김이듬에게는 쉽게 규정하기 어려운 허기가 있다. 그것은 욕망이 만들어 준 허기가 아니라, 오히려 철저하게 억제된 욕망을 뚫고 욕망하려는 허기, 욕망에 대한 허기라고 불러야 할 그런 것이다. 욕망의 억제가 말을 불모에 이르게 한 연원이라고 본다면, 그 허기를 또한 말에 대한 허기라고 불러도 무방할 것이다. 이 이상한 허기, 이 욕망하려는 욕망이 육체의 감각에 날을 세우고, 이 날 선 감각들은 그의 욕망을 무참하게 잘랐던 낡은 상처들이 다시 피를 흘리게 한다. 그 상처 하나하나마다 붕대처럼 감겨 있는 문화적 형식들이 벗겨지고 허기 아래 눌린 말들이 쏟아져 나온다. 이 말들은 사실에 부합하고 따라서 순결하지만, 사실을 말하나 숨기는 방식으로 말하기에 어지럽다. 이 어지러움이 김이듬에게는 일종의 정돈에 해당한다. 그것은 극단에 이르려는 표현을 복잡성의 형식으로 절제하고, 상처와 원한의 관계가 조정될 때까지 시간을 버는 방식이기 때문이다. 그가 숨기는 것이 무엇인가를 알아차릴 수 있는 독자에게는 이 어지러운 말만큼 잘 정돈된 말도 드물다. 이 어지러운 상태와 정돈 상태의 겹치기는 김이듬에게서 자주 시 쓰기에 비유되는 섹스의 체험과도 같다. 시쓰기의 다른 이름인 김이듬의 섹스는, 쿤데라가 어디선가 말했던 것처럼, 육체가 속죄하는 순간에 해당한다. 그러나 쿤데라에게서 이 속죄는 무겁고 늙어 가는 육체의 그것이지만, 김이듬의 속죄는 공복감밖에 가진 것이 없는 허기진 육체의 그것이다. 한쪽은 제 육체를 버리는 것으로 끝나지만, 다른 한쪽은 제 육체가 이제부터 형성되기를 내내 기다려야 한다. 시의 감수성은 잘 살아가는 사람의 감수성이 아니라, 늘 지워졌다가 다시 회복되는 사람의 감수성이다. 김이듬의 시적 운명도 재능도 거기 있다.